中村安伸

虎の夜食

邑書林

虎の夜食＊目次

虎の夜食

一篇の詩

図書館の樹の太く張り出した枝より、地に向けて伸びる無数の髭根。その先端に一冊づつ書物が実る。美しい詩集を手に入れたくなつて、男が斧を振り下ろす。切られた髭根は男に巻きついて締めあげる。

地に落ちた背表紙に接吻のやうに髭根の先端が触れたとき、詩集に一篇の詩が加はつた。

これはたぶん光をつくる春の遊び
子宮からつづく坂道春は昼
石鹼玉割れ春風を吐き出せり
百色の絵具を混ぜて春の泥
春眠の弓ひきしぼるかたちかな

ふらここのその真夜中を撮りにゆく

春惜しむ鳩のかたちの笛を吹き

風薫る馬に乗つたりあるいたり

風薫る両手両足菓子を得て

睡るため翼の欲しき五月かな

新緑の中や世界を産む羽音

革は破れ、糸は切れ、紙は溶け、なかば液体のやうに図書館から滲み出る書物たち。自在に、あてどなく蠢きはじめる書物の内側で、語は文脈のくびきを逃れる。語の内側では文字と文字が喧嘩別れし、文字の内側では画たちが騒ぎ始める。

無数の線が解き放たれるとき、書物は土へと還る。

書物で河を渡る算段八月尽
火の叢《むら》を愁《うれひ》の河を越す夏蝶
廃坑のぬるき夜風に桃を剝く
夏草を科学忍者は軽く踏み
夏草に滅ぼされたる草の基地

黄の薔薇の一輪愛し一輪踏む

黄落や父を刺さずに二十歳過ぐ

王立図書館の設計図には、収蔵される全ての書籍の題名、著者名等が記されてゐる。収納位置はサイズや厚みなどを考慮して決められてをり、ちやうど千年後に全ての書棚が隙間なく埋まることになつてゐる。

別冊の著者名索引で自分の名を探さうとしたとき、誰かに殴られて意識を失つた。

書物の川に書物の橋や夕桜
ほとばしるもののひとつに春の馬
白日のもとに白薔薇堅固なり
琴弾くや夏から真夏への飛距離
水鳥に交りて姉の来る時刻

雪片の一瞬を全方位より

東京

或る盆地の古い家に生まれ育つた私にとつて、ここに住む人たちはみな、親戚か、ご近所か、親戚のご近所か、ご近所の親戚である。山の向かうのK都、O阪、K戸は他人ばかりでとても敷居が高いのだ。

だけど東京は、さうでもなかつた。

卒業やバカはサリンで皆殺し

布のやうに遅日の坂をあるくかな

雛の日の虚空へ伸ばすピザの生地

フランスパンを磁石のやうに春日向

ゆつくりと胃の奥へゆく柏餅

竪琴のかたちのパンを焼いて初夏
崩れ落ちる映画の東京夏帽子
ひとつしか席のない向日葵の店
崩れしをさらに崩して冷奴
地球は水滴東京の夏暮れて行く

綺羅と湯の沸く瞬間や鳥渡る

檸檬だけかがやいてゐる厨かな

小鳥来るバス来るやうにバス停に

浅草に好きな店ある秋の暮

東京を包む大きな雪催

あんぱんかもしれない鶴の断面よ
自転車の籠の中なる雪だるま
冬ぬくしバターは紙に包まれて
ガラス器に罪のひとつとして牡蠣は

ある街をいつも想へり鉄線花

水曜日の午後、私はカフェでいちご白玉を食べてゐた。すると私服警官と名乗る女が来て「格差維持法により逮捕します」と言つた。この法により三十から五十歳代の無職男性が出入りできる場所はきびしく制限されたのである。

私は慌てて「俳人」と印刷された名刺を差し出した。

葉桜や詩歌の国に終電車
はたらくのこはくて泣いた夏帽子
薫風を髪に巻きつけ正装す
わたくしの懈怠をすくひとる芙蓉
秋の昼ヴァイオリンとは一人の森

聖無職うどんのやうに時を啜る

てのひらは鉄の蕾を載せて冬

冬薔薇玩具並べて壊す役

テロリストのやうな翼だクリスマス

歌留多撒く東洋一の鉄塔より

雪虫になりたい予言者になりたい
連翹咲いてモロッコの首都がいへます
桑海に父のひとりを置きて去る
春満月わが為に花舗あらざるや
剃髪とあるきつづけるための帆と

聖五月

文字は剝がれるやうに紙を離れ、天上の文字列の末尾に加はる。種類も、筆跡も、大きさも揃はぬ一列の途切れぬ文字。人の言葉ではない詩を織りあげ、神々は衣とする。

神の涙に濡れた袖が光を撥ね返すときだけ、それは虹として人々の眼にうつる。

短日の王立書庫は池の中

俳句想へば卵生まれる野分かな

「猫を知りませんか？　神殿の柱のやうに強く伸びやかな四肢、春の野のやうに柔らかく整つた毛並、クレオパトラの造作をコンパクトに纏めたやうな気高い顔立ち、王侯の食物以外口にせず、尿からは叢雲が湧く、漆黒とも黄金ともつかぬ艶やかな毛色の猫を？」

「一寸わかりかねます」

聖五月しかもゆふぐれどきの森
群青の蝶は猫よりなほ刃物
街古りて白い翼のある檸檬
聖痕のごとく海図のごとく薔薇
夏来る乳房は光それとも色

鷺放つ龍宮宛の文をつけ
鎖とははばたくものぞ夏の河
星祭この世の草を越えてゆく
すきとほる白馬のなかの秋の水
星を踏む所作くりかへす立稽古

文机や鶴の汲む水甘からん

初夢や背に彫りたる龍昇る

短日や仏の群を野に追うて

少女みな写真のなかへ夕桜

水の蹄で来ては轢かれるユニコーン

沈む陽の光を受けて、雲はその一部を朱に染めてゐる。私は釣糸に餌となる水晶を括りつけ、西の空へと投げあげる。小ぶりの雲がふたつほど釣れたので、三枚に卸して衣をつけて揚げた。雲の天麩羅は歯ごたへも味もあるかなきかというほどの淡さで、入れ歯でも食べやすく、祖母の大好物である。

鰯雲どのビルも水ゆきわたり

万華鏡に詰めて胡桃と太陽と

雪の日の餃子の中に眠るかな

元旦の龍虎を隠す黒雲よ

地球はひとつ割れたら無数春の闇

地球儀を地球でつくる花水木

五月闇とは畳まれし帆のやうに

水びたしの風が来てゐる立夏かな

減らないカロリーメイトくださいい夏の月

にせものの花ばかり作つてゐる。たとへば種を蒔き、水をやり、丁寧に薔薇の花を咲かせてしまつたら、枯らすわけにはいかなくなつてしまふから。七色の紙の花をまつさをな空にばらまけば、虹となつてすぐに消えてしまふはずだから。

はるうれひ背中が咲いてしまひさう
指に咲く夏の建築夏の水尾

桜の樹が螺旋状に伸びて途中に雲がからまつてゐる。季節が来ると下から順に花をつけ、頂の花が散るのは六月末である。人々は見頃の高さまで登つて花見を楽しむが、頂までゆくには一泊しなくてはならない。五月の連休に満開となるあたりまでは、エレベーターで行くことができる。

桜の夜音の鋏は音を裁つ
印度はいづこ印度が方へ花のゆく
全山の桜を背負ふ古狐

見たところ何の変哲もない剪定鋏だが、これで雲を切り取るのだといふ。「空へはどのやうにして昇るのですか?」「空ごと切り取るのです。」鋏を空へかざし、雲のかたちをなぞるやうに動かすと、目の前にちひさな雲の塊があらはれる。

しかし、空模様はなにひとつ変はつてゐなかつた。

ふところに虎をたくはへ春の鼓手

探梅の手に手にトランペットかな

人向き合ひピアノは背き合ひ西日

リズム隊ひとり人妻小鳥来る

心臓を抜いてギターのできあがり

羽音させぬやうにソプラノ登場す

群れからはぐれて途方に暮れてゐた羊は、芸を覚えられない仔熊に出会つた。団長の言ひつけで鮭や蜂蜜を採りにゆく仔熊を背に乗せ山へ送つてゆくのが羊の日課となつた。やがて、成長した熊を乗せられなくなつた羊は静かに横たはつた。

サーカス団のその日の夕食は、ジンギスカン鍋。

対抗馬つぎつぎ跳んで闇鍋へ
迷惑な翼を描かれ寒卵
一面の雪虫はかなしい予言
姿勢良き龍を春田に見てをりぬ
まづ蝶を散らせて淡い艦隊よ

蓮華より羊ころころ転げ落つ

初夏の尾を振つてゐる麻薬犬

夏痩せて象の忌々しき睫かな

馬は夏野を十五ページも走つたか

背を向けて坐るパンダよ夏の雨

真白な蟷螂がをる心電図

十六団子ひとつ翼を得たらしく

重力を脱ぐとき叫ぶ巨象かな

上善如水肩から腕へ鳥渡る

内臓がすべておでんとなる霜夜

綿虫やここへおいでと言はれたやう

万華鏡の中に石や貝殻、ガラスの破片などを入れて遊んでゐた。飽きたのでナメクジと巻貝を入れると蝸牛が這ひ出した。面白いので男と女を入れてみると女が妊娠した。次にタンカーと財宝を入れると海賊船が出てきて私は船長になつた。

太陽を入れようとしたら、船が燃えた。

行春や機械孔雀の眼に運河

うれひつゝ紙風船の船長に

綱渡りしたくて人魚顔を出す

レコードの上の軍艦夏来る

飛行機の散らかつてゐる暑さかな

何とかして扇風機で飛ばうと思ふ

闇に置く桃や人語を解すべし

鬼百合に照らされて碁を打ちにけり

新宿の月に髭描く遊びかな

十月の星焼く窯のちひさけれ

降る雪の映画の中を行軍す
雪の日の浅草はお菓子のつもり
心臓を飾る桜の枝もがな
遊芸とは枝垂桜の形して
そらをとぶ女の子たちにまもられ

黒猫をなでながらその骨格を組み立てなほし、五重塔をつくつたら夕立がきた。そこで今度は傘のかたちにして右の後肢を握つた。雨がやみ、ずぶぬれの黒猫をしぼつたら三毛猫になつた。しかたないので硯の海を泳がせたらもとの黒猫に戻つたが、体長は約三センチになつてゐた。

黒猫は凩がすきうたがきらひ

猫と手をつなぐ実験する枯野

太りたくなつて太りぬ冬の猫

猫といふ受話器を膝に山眠る

猫が死んだので、目覚まし時計、鉱石ラジオ、炊飯器、地下鉄などを使ひロボットに改造した。おなかにクレープを縫ひ付けて完成である。スイッチを入れると「ボク…銅鑼…ゑ…」などと言ひながらクレープに右前肢をつつこみ、生クリームを球状につけた「手」をこちらへ差し出した。

夏雲に猫を産み出す力あり

六畳の花野にくらす仔猫かな

猫は尾を塔のごとくに日脚伸ぶ

猫を拭けば猫に拭かるゝ春の闇

記念日に、わが家では雲を切り取つて壜に保存します。これが私が生まれた日の雲です。薄暗い戸棚に置くとただの空つぽのガラス瓶ですが、このやうに青空にかざしてみると、ほら、四十五年前の雲だけど、少しも濁らず、きらきらと絹のやうにこまやかに、陽の光を撥ね返すでせう。

物容るゝ壜も物言ふ壜も夏

万緑を呼べばあらゆる水が来る

儒《じゆ》艮《ごん》とは千年前にした昼寝

湯の中の西日揺れをり揺られをり

ひとつだけ鼓打たるゝ猛暑かな

炎しづかに葡萄畑を風にする

秋霖の靴を履かざる者の無く

コスモスは咲いてゐないと兵士のやう

菜種梅雨すべての円は時計なり

小春日の紐をほどきに来る金鶏

長き夜は俳句の実る木となりて

風邪気味の龍の戻りし潟しづか

眠るのは受話器の仕事花菜畑

鳥帰る東京液化そして気化

抱擁

雲の塊を捏ねて阿弥陀如来の像を拵へ、金箔を貼りつけて仕上げた。秋晴れのひと日、この軽い仏像を薄の穂に載せたまま、二人で花を摘んだり、歌をうたつたり、双六をしたり、さては遊びに飽きて日の暮れるまで抱擁したりしてすごした。月の出に野分が吹いて、仏像は西方へ飛び去つた。

若草や壷割るやうに名を告げし

草若く女の馬鹿をからかへり

夏野菜めく二の腕をつかまへる

パラソルのをみな笑顔にして深傷

をみなその肩幅の海運び来る

君の乗る飛行機は君萩の花
任天堂の歌留多で倒す恋敵
道行の途中で春の水を買ふ
妹《いも》まるく眠り珈琲豆に溝

僕の半分は君と一緒にモスクワへ行つてしまつたから、今ここで書いてゐる詩には、僕の言葉の半分しか使はれてゐない。だから満月は半月で、ビルは三角、女は人魚、ギタリストは三味線を弾き、オーケストラはピアノソナタを演奏してしまふ。

でも大丈夫、明日には君が帰つてくるから。

立春の産毛に触れて肌に触れず
飛ばされるやうに抱かれし雛祭
欠点は濡れてゐること花曇
抱きしめる場所まちがへず青嵐
サイレンや鎖骨に百合の咲くやまひ

夏服のをみな不思議をくりかへす
夏空は狭くて君を帰さない
体内にほどかれる水結ぶ水
日盛の愛をパズルを組み立てる
日盛のドラムロールに遠いキス

逝く夏のギターを愛の循環す

抱擁や龍の額に花野がある

球体の十一月を甘えあふ

聖夜わが領土は半円のケーキ

春日野にちらばる光の粒は、燈花会《とうくわゑ》の蠟燭の火だ。透明な器に入つた蠟燭を一つづつ買ひ、僕たちはそれぞれに火を点す。これは二人の寿命をあらはす火だ。彼女の火よりすこしだけはやく僕の火が燃え尽きるやうに祈つた。

しかし彼女は自分の火を吹き消してしまふ。

春風やわれもをみなを待つ厠

約束を初期化してゆく初夏の指

祈るとき鉄橋は複雑な薔薇

手錠

屋敷の池に舟を浮かべ、名月の映る水面へ櫂をさすと、姫の眼前に月までの水路が開けた。衣が朽ち体が朽ち魂だけになつても姫は漕いだ。櫂が朽ち舟が朽ち、この世での重さが無くなると、姫は軽々と飛ぶやうに泳いだ。

今年の仲秋の名月の頃、姫は月に辿り着く。そして月王との祝言の宴が。

手をつなぐときに地獄が見えてゐた

濃姫の脚のあひだの春の水

落ちてくる揺れてゐる蛍の愉楽

紙すべて匂ふ褥や初夏の闇

煮詰まつた珈琲のやうなベースラインを弾くしか能が無い俺に、おまへが淹れる珈琲は薄すぎる。かき集めた欲望のパッチワークを毛布にしておまへを包めば、やうやく赤子のやうな寝息をたてはじめる。

さあ、これからが聖なる珈琲抽出の儀。まずは豆を一ミリ角の賽の目に切り……。

蛇となる前のをみなを鏡の間

いなづまのいれずみを負ふ人魚姫

肉に入る肉のかなしき越天楽

肉体の古都肉体の遠花火

おまへが突き出した舌の上でチョコレートが溶け、陶器みたいに光つてゐるので、感触を確かめたくなつた。舐めとらうとしたら急に舌を引つ込めるので、俺はおまへの口の中に舌を押し込んでしまう。そのままおまへの胃のなかへ落ちて消化された俺は、おまへと一体になつた。

夕立に古い狐は濡れるなり
夏の夜の愛も水びたしの麺も
いろいろなをんなのからだ遠花火

おまへの眼球は、俺にとらやの水羊羹を思ひ出させる。その曇りの無い球体がほしくて、皮下脂肪のたつぷりついた森へ分け入つた、ぬかるみや谷間やなにやかやを越え、もうすこしといふところでゴム鞠のやうな唇が開き、罠にかかつた俺は再びおまへの胃に落ち、消化された。

水は水に欲情したる涼しさよ

秋晴れの岡本太郎のやうな勃起

法王に薔薇の香りの下半身

月光の刺さりて繊き姫の肩

海老反りの姫や四国が腹の上

泣き叫ぶをみなのほかは冬晴れて

胃液の湖を泳ぐ。痛みはなく、ただ自分がちひさくなつていくことを感じる。意識のなかで言語が途切れ、別の言語が交錯しはじめる。ふたつの言語が綯ひ交ぜとなり、一条の縄のやうに連続したとき、至福のうちに全身が射精した。つまり俺の肉体は完全に溶け落ちた。おまへの中で。

崩々とふくろふ愛し合ふ樹海

体毛と羊毛の差やひめはじめ

塔《あららぎ》は快《け》楽《らく》の声を漏らすなり

木犀やむかしの白いさるぐつわ

星のやうに飛行機が降り注ぐ夜の貯水池を、可燃性のスワンボートが二人を載せて進む。男は女の涙をリトマス試験紙で拭ひ、拭ひきれずに船底に落ちるガラス玉たちの割れゆく小夜曲が低く、高く、ちひさく、つまらなく、響いてゐる。球体のタロットカードの中で、抱擁は腐敗してゆく。

美しい僕が唖へてゐる死鼠
殺さないでくださいい夜どほし桜ちる
二人を繋いで沈む手錠が売られてゐる

つみびと

八代目團十郎が舞台上で自裁したとき、喉から泉のやうに噴き出した血汐を啜つた百人の娘たち。彼女等の肝が万病に効くといふので、娘等は生きたまま将軍に献上された。将軍は一晩に一人づつ娘を食べることにした……。

といふくだりからはじまる、本邦版千夜一夜物語。

屍に女陰あり火星は淋しけれ
罪人のやうにバターを尻に塗る
胎風を総身に彫られをさな妻
心臓に釘はせまりて大西日
全山の紅葉のごとく人斬らる

総崩れの寺引いてゆく花野かな

父を刺せば玩具出てくる文化の日

京寒し金閣薪にくべてなほ

知恵の輪よ臓は腑を産む冬の海

切腹にたつぷり使ふ春の水

いろいろな処刑を積んで春の船

絞首刑やがて人形遣ひが来る

生き埋めの牛千頭の桜山

緑陰にあらゆる色のけもの裂く

左右確認して向日葵を打ち倒す

川霧の向かうに、数百騎の武者が並んだ。みな赤い甲冑をつけ、弓を太陽にむけてひきしぼつてゐる。一羽の白鳥がするどい羽音をたてて飛び立つた。いつせいに放たれた数百の矢は白鳥を八つ裂きにしてさらに天へと伸びてゆき、黒く巨大な鳥となり、千年とひと春かけて堕ちた。

軍勢のふくらむごとく秋来る
地響きを立てて野菊の暴れをり
天に尻向けて焦土のぬひぐるみ
燃えるピアノの上に無疵の胡桃かな
寒卵地球ふたつに割れる歌

春全軍杯に歌劇を溢れしむ

爆撃を請け負つてゐる鳥帰る

初花やどろりどろりと太鼓打つ

銃口に蒔絵施し遅桜

三角の恥毛の旗や花軍
兵器にも肉を喰はせる星祀
鉄線花ひといぬさるは残りけり

夕焼を纏つた女たちがテラスを歩く。サッカーボールをシャンパンで拭ふ子供たち。クラクションの塊が出島を封鎖する。豚の心臓を旗印に一揆はカフェで休息中。出番前のソプラノはペットの半獣神と散歩。男たちは夕食のため念入りに時計を屠る。眼球の品評会が始まるまでの、彼誰時。

寒い方の窓を拭き終へ樹海なり

どの窓も地獄や春の帆を映し

猫といふ悪の容器を売る薄暑

塔《あららぎ》を空へ沈めてゆく昼寝

冷房や塩となりゆく君の街

空は蜥蜴の色に原爆を落とす日

最上階から見てゐた。黄金の真円の夕日が、ずるずると溶けながら山の端に呑み込まれてゆくのを。あらゆるビルが返り血のやうな夕陽を浴びて、微動だにせぬ共犯者として佇んでゐるのを。やがてそれらが青い闇に身を隠しつつ、まがふかたなき罪の徴として、あらゆる窓から光を漏らすのを。

満月や壜に人体溜まりゆく

かみくだくもの丶ひとつに青三日月

歩き出す椅子歩き出さない冬の猫

紅をひく僕等に月はなつかしき

昼と夜で脳を半分づつ活性化させる装置によつて生まれた「夜の私」は女だつた。女装して盛り場に出かけるといふ噂で私は研究所を追はれた。いつしか私自身を愛するやうになつた「夜の私」が妻を殺めたので、私は装置を壊すことにした。

生き残るのはどちらの私か？　どちらでもよかつた。

大寒の鏡より出て鏡を拭く

椅子として人使はれし春日向

肥満して五月の水の中にゐる

二等辺三角関係鉄の薔薇

密告に影絵をつかふ熱帯夜

鰯雲怒声ひとつのあとしづか

顔に傷を負ひ役者として舞台に立つことをあきらめた私は、黒衣を着て「面明り」を操る。棒の先に蠟燭がひとつ点り、腹違ひの兄が演じる瀧夜叉姫をおぼろげに照らす。私に瓜二つの兄の美しい顔を、光の濃淡で仕上げるのだ。灯火が震へ、妖気がゆらいだ。

踊りつゝ夭折しつゝある手足

ギリシャ彫刻のやうに美しい機械の身体を得てからは、暑さも寒さも気にならず全裸で暮らしてゐる。食事も不要で性欲もない。

ある日回路の接触不良のため、路上で気を失つた。目がさめると美術館に飾られてゐたので、ケースを壊し警備員をなぎ倒した。

誰も私に手出しはできまい。

たはけものの降臨を待つ機械都市

こんな犬に出会つたのははじめてだつた。鉄でできた皮膚は半分ほど錆びてをり、左の眼球はガラス、右はゼリー、四本の足はそれぞれ種類の違ふ香木で、脳はカセットテープ、動力は蒸気機関である。

なにより驚いたのは、こいつに性別がないといふこと。

まなうらに金狐銀虎や入梅す
猿の声あげて白薔薇ひらくなり
黒潮に黝き俊寛僧都跳ぶ
死を云へば仔鹿ゆつくり吸収す
バターになつた虎を育てる冷蔵庫

咲きかたを忘れた薔薇はくちなはに
長月の獅子身中の鳩時計
死して鹿の角を伐る夢萩の花
菊食べる時ははだかになりなさい
孔雀踊れば踊るほど笑はれる

僧都来てぺろりと花野平らげる

黒猫といふ金塊へ落葉かな

よきパズル解くかに虎の夜食かな

御軍を狐の統ぶる星月夜

黒鳥は南無阿弥陀仏より黒い

短日の猫肛門を誇りとす

機械より女の声の師走かな

水と火のあひのこ黒いチューリップ

双頭の蛇の早熟あしび咲く

彼は私を罵倒したことを正当化するためだけに、私を憎み続けるだらう。罵倒を返し彼を憎み返したとしても、地獄へとつづく憎悪の螺旋階段が生じるのみ。だから私の胸郭に蟠つてゐる小さな黒い雷雲は、その寿命が尽きるまでここに飼つておくこととする。

お願ひ、誰か避雷針をください。

似顔絵を描くたび鬼になつてゆく

姉の香に鋏を入れる夏衣

父がまた醜くなつて秋の水

ひとりだけ菌のやうに白く居り

犬小屋に姉を飼ふ日や雪催

春服に似合ふ怒りの色もがな

仮の海

眠りにおちると私は水だつた。山肌を流れ下りながら霧になり、隣で眠つてゐる妻の頬を濡らす露になつた。蒸発して上昇気流に乗り、まつすぐ月を目指したが、途中で雲にひつかかつてしまつた。雨となつて急降下し地上に激突した瞬間、目がさめた。布団はしとゞに濡れてゐた。

秋の水妻よりこぼれ草を濡らす
祝婚や亜鉛の翼たたまずに
花様的年華を終へて妻となる
秋雨の空母は誰が妻ならむ
一月二日空より水をもらふ話

風船の難破見下ろす遠き妻

妻は風のない新幹線妻眠る

春風や模様のちがふ妻二人

花衣洛中洛外図へ帰る

寒山と拾得のあはひの薔薇よ

南の暖かい海がたくさん産んだ雲たちは、狭い檻に閉ぢ込められた鼠のやうに共食ひを始める。弱肉強食の頂点に立つた雲の王は、さらなる餌を求めて北を目指す。冷たい海で病みつき、自らの体を支へることもできなくなつた王はさかんに風雨をこぼし、ただの低気圧となり、やがて消える。

秋の水たひらあらゆる妻を映し
壜の水けふより秋の水となる
冬晴れて今年の妻と未だ逢はず
空を掃く欅で冬は晴れるのです
月と日にわれてあはぬよ枯木山

紅梅白梅海の中には仮の海
無花果のかたちの海は妻の海
秋の水それはそれはそ立方体

陶器になることを拒む一塊の土。轆轤に置けばだらりと崩れ、窯で焼いても変質しない。そんな土塊たちは本州に点在してゐる。彼らは一日数十センチほどの速度で移動し、千年とひと春かけて富士山頂にたどり着く。

名月やむかしの猫を膝の上
初雪や前世を覗く顕微鏡
雪しまく妻の読書は遅々として
らふそくの減るはいづこへ初御空
涼しさや時間旅行をして来し妻

漏電や蓮の上なるユーラシア

音楽と花の香りに満ちた浄土へ、姫に導かれ辿りついた。新鮮な果実や酒が途切れることなく運ばれ、蜜がこぼれるやうに単調な日々がつづく。地上の妻が念仏を唱へるたび、さはやかな風が吹く。

退屈からか私は姫に懸想した。その刹那、床が崩れ一直線に地獄へ、とおもつたら、我が家の仏間に落ちた。

実験に妻が必要つばくらめ
春彼岸伊豆へ行くのか行かぬのか
雛の日のキリンで見えぬものばかり
貨物車が薔薇のあくびをしてをりぬ
ぼうたんや印度独逸のあと津軽

印度からお茶が来さうな梅雨晴間

牛乳を飲んで比翼の鳥となる

牛の読む牛の聖書の二行ほど

九代目團十郎雲の峰吐きつづけ

猿を兵に仕立て晩夏の滑り台

切り口を運河に向けて西瓜売る

秋冷や無為に点呼を待つ和菓子

助さんに格さん刺さる秋の暮

てのひらであゆむぬすびと二百十日

神旅を終へて子宮に到着す

パンダ眠る野球部員に背負はれて

熊の仔は奈良までついてゆくつもり

唐傘をさせば歌留多の降り来る

とつくにのひとのあくびとなるなだれ

年老いた犬はほとんど目が見えず、四肢の力も弱り、たまにフローリングの居間にふらふらとあがつてきては足を滑らせ、あたふたと踊る。ひねもす波のやうに睡気が寄せては返し、犬は半ば眠りながら餌を食べ、水を飲む。ある日睡気と抱き合ふやうに横たはつた犬は、もう目覚めなかつた。

老犬は睡魔と遊ぶ大晦日

犬老いて仔犬となりぬ梅真白

敗将の恋も戦記に明易し

恋に死ぬ祖父であられよ鳳仙花

歩き、走り、まろび、泳ぎ、溺れ、嘔吐し、眠り、目覚める。行ふべきタスクも、定められたゴールも無く、見つけねばならぬ財宝があるわけでも無い。彷徨ひ、苦しみ、戦ひ、遊び、退屈する。見渡す限りはおまへの粘膜の荒野。そして俺は沼を纏つたひとつの蛇である。

敵陣に白い花野もありにけり

秋出水人を残して人消ゆる

空白を祖父は視てをり春の雨

春雨を死後は陶器として受くる

天窓

電気といふものがあつて、夜や闇といふものはなかつた。恐ろしい霊や、人を襲ふ獣もをらず、どこでも眠ることができたし、酒を飲めば恍惚のうちに死ぬこともできた。祖父が語る古く美しいお話を、幼い僕たちは蠟燭の光の輪のなかで、身を寄せ合つて聞く。

みな王に触れてからゆく冬至かな
たましひをつまみ食ひして鳥帰る
天窓があり永遠に上下あり
重箱の隅を大河は流るなり
神にふたつの口あるごとく秋の花

でうす様　自転してゐる花の庭

十万億土に秋の団扇がひとつきり

選と構成…………青嶋ひろの

あとがき

この句集におさめられた俳句と短文はすべてフィクションですが、実在の世界と無関係というわけではありません。たとえば「卒業やバカはサリンで皆殺し」という句がありますが、もちろん事実ではありません。しかし、一九九五年の春、初めて参加した句会で「サリン」という席題を与えられたときに、作った、と言うよりは、出来てしまったこの句を目にして、私は、私のなかにひろがっている闇を生々しく実感したのでした。そして、その頃から私にとっての俳句は、鷹狩の鷹のように、無意識の空間へ放つたびに、なにやら得体の知れない、しかし、確かに自分の一部であると感じさせられるなにものかを、摑んで戻ってきてくれるパートナーとなりました。

この句集は、その頃から現在まで、およそ二十年間にわたって作ってきた俳句作品を、信頼する読者であり、家族でもある青嶋ひろのに預け、選句と構成をおこなってもらったものです。

　自作の句を自分で選ぶということは、俳人にとって創作と同じくらい大切な行為だと思います。しかし、すでに私は「機械孔雀」と題した百句を自選し『新撰21』という合同句集に載せました。素材が重複している以上、同じような作業を繰り返す意味はうすく、まったく異なるものを作るにはどうすればよいか検討した結果、また私の怠惰の帰結として選択したのが今回の方法でした。

　思えばこの二十年間に私の野心や自負心は衰え、一方で俳句に馴れたり、飽きたりもしました。そんな現時点の私から見ると、かつての粗雑でギラギラした作品のなかには、書物として残すことにためらいを感じるものも少なからずある、というのが正直なところです。

　しかし、すでに発表してしまった作品は私の所有物ではありません（私が発表せず没にしたものから拾われたものも、若干含まれていますが）。また、作品が私の分身であるとするなら、無自覚のうちに自分を飾ろうとしたり、守ろうとしたりする自意識が、厄介なフィルターになってしまうことを怖れました。そのようなわけで、私から彼女へのリクエストは最小限にとどめました。

そのようにして生まれたこの句集に『虎の夜食』というタイトルを撰んでくれたのも、彼女でした。このタイトルのもとになった句「よきパズル解くかに虎の夜食かな」についてですが、私にとって「よきパズル」とは、永遠に解き終わらないものなのかもしれません。それでいて、もう少しで解けるのではないかという期待、あるいは今度こそ解けたかもしれないという錯覚からくる興奮を、幾度となく与えてくれるものなのだと思います。

俳句を作ることによって無意識の荒野から拾い集めてきたなにものかは、永遠に完成しないジグソーパズルのピースであり、ここに他者によって並べなおされたそれらを俯瞰したとき、ひとつの完成予想図のようなものが垣間見えた気がしました。しかし、それもまた錯覚なのかもしれません。

私の半ばひとり遊びのような句業につきあってくださった友人諸氏、行為や言葉によって貴重な導きを与えてくださった諸先輩方、また、闇を照らす灯火のような作品を残してくださった先人の方々、そして、この書を手にとってくださったあなたに、心より感謝の念を捧げます。

なお、俳句に挟まれた短文は、私が無職であった二〇〇九年頃、Twitterに、#twnovelというハッシュタグをつけて投稿していたものの一部です。そして、この句集の副産物――どちらが主でどちらが副とも言い切れませんが――であるもうひとつの句集が、同じく青嶋ひろのの選句と構成により、近日中にかたちとなるであろうことを、予告しておきたいと思います。

二〇一六年十二月

中村安伸

中村安伸 なかむら やすのぶ

一九七一年　奈良県生まれ。

亡き祖父、正司の一句「若水や暁雲に雪まじる」を知り、十歳前後で独学にて句作をはじめた。

大学卒業直前の一九九五年、たまたま出会った新宿のバー「サムライ」での句会に参加。

一九九六年より「海程」に数年間投句を行なう。

二〇〇四年より「―俳句空間―豈」同人。

二〇〇八年夏、高山れおなとともにウェブサイト「―俳句空間―豈weekly」を立ち上げる。

（二〇一〇年終刊。）

二〇一〇年、第三回芝不器男俳句新人賞「対馬康子奨励賞」受賞。

二〇一五年、今井飛鳥、大野円雅とともに、日本文学を朗読と歌曲に翻案するバンド「汀の火」を結成。

共著に『無敵の俳句生活』俳筋力の会編（ナナ・コーポレートコミュニケーション）

『新撰21』（邑書林）。

虎《とら》の夜食《やしょく》

著　者＊中村安伸©
発行日＊第一刷　二〇一六年十二月二十四日
第二刷　二〇一七年二月五日
発行人＊島田牙城
発行所＊邑書林《ゆうしょりん》
661-0033　兵庫県尼崎市南武庫之荘3-32-1-201
Tel　〇六（六四二三）七八一九
Fax　〇六（六四二三）七八一八
郵便振替　〇〇一〇〇-三-五五八三二
younohon@fancy.ocn.ne.jp
http://youshorinshop.com
印刷所＊モリモト印刷株式会社
用　紙＊株式会社三村洋紙店
定　価＊本体二三〇〇円プラス税
図書コード＊ISBN978-4-89709-827-2